CATALOGUE

DE

PORTRAITS HISTORIQUES

DES

XVe, XVIe ET XVIIe SIÈCLES

Œuvres importantes de Lucas Cranach

IMPRIMERIE PILLET ET DUMOULIN
RUE DES GRANDS-AUGUSTINS, 5, A PARIS.

CATALOGUE

DE

PORTRAITS HISTORIQUES

DE GRANDEUR NATURELLE ET EN PIED

DES

XVe, XVIe ET XVIIe SIÈCLES

Provenant de la collection de feu **M. J. ARAGON**

ŒUVRES IMPORTANTES

DE

LUCAS CRANACH

ET DONT LA VENTE AURA LIEU

HOTEL DROUOT, SALLE N° I

Le Lundi 30 Mars 1885,

A quatre heures.

Par le ministère de Me PAUL CHEVALLIER, commissaire-priseur,

10, rue Grange-Batelière,

Assisté de M. E. FÉRAL, Peintre-Expert,

54, Faubourg Montmartre,

Chez lesquels se trouve le présent Catalogue.

EXPOSITIONS

PARTICULIÈRE	PUBLIQUE
Le Dimanche 29 Mars 1885	*Lundi 30 Mars, jour de la vente*
De 1 heure à 5 heures.	De 1 heure à 4 heures.

CONDITIONS DE LA VENTE

———

La vente sera faite au comptant.

Les acquéreurs payeront cinq pour cent en sus des enchères applicables aux frais.

Paris — Imprimerie Pillet et Dumoulin, 5, rue des Grands-Augustins.

DÉSIGNATION

1. **PORTRAIT DE FERDINAND Ier**

(XVIe SIÈCLE)

Revêtu des insignes de Charlemagne. Élu roi des Romains en 1531. Empereur d'Allemagne en 1556.

Il est vu presque de face, tourné légèrement à droite tenant le sceptre de la main droite, et de la main gauche le globe de cristal surmonté d'une croix.

Il porte une couronne d'or enrichie d'émaux et de pierreries, collerette plissée, dalmatique à large bordure ornementée de griffons, au-dessus et au-dessous desquels sont des inscriptions ; étole jaune, avec ornements et aigles aux ailes déployées, croisée sur la poitrine ; manteau impérial fond pourpre couvert de broderies d'or.

Superbe et très précieux portrait, remarquable par la richesse, l'originalité du costume historique et la finesse de l'exécution.

Attribué à *Pierre Porbus, le vieux*.

Toile. Haut., 2 m. 12 cent.; larg., 1 m. 16 cent.

Ce portrait qui a été attribué à Holbein, dont on a cru même trouver la signature dans les inscriptions qui se trouvent mêlées aux ornements, nous paraît plutôt l'œuvre de Pierre Porbus le Vieux.

2. ISABELLE DE PORTUGAL

FEMME DE PHILIPPE LE BON (XVᵉ SIÈCLE)

Vue de trois quarts regardant vers la gauche, coiffure à plaques d'or ornées de perles en partie cachée par une cornette, les mains croisées à la ceinture; robe rouge et manteau noir à larges manches doublé de fourrures.

Dans le haut, les armes de la princesse et l'inscription : « Elisabel d'Autriche, femme de Philippe le Bon, duc et comte de Bourgogne. »

École espagnole.

Toile. Haut., 1 m. 95 cent.; larg., 1 m. 03 cent.

3. PORTRAIT PRESUMÉ DE

FRÉDÉRIC LE SAGE

DUC ET ÉLECTEUR DE SAXE (XVIᵉ SIÈCLE)

Il est en pied, debout, couvert d'une cuirasse, appuyé sur un bàton et tenant une lance; entouré de nombreux personnages parmi lesquels, à sa droite, un page coiffé d'un bonnet de velours grenat, tunique de même étoffe avec grandes manches de soie verte; à sa gauche, un officier, la tête de profil, portant une cuirasse.

Superbe et très curieuse peinture, par Cranach le Vieux.

Bois. Haut., 2 m. 15 cent.; larg., 96 cent.

4. PORTRAIT PRÉSUMÉ DE LA FEMME DE
FRÉDÉRIC LE SAGE

Elle est debout, en pied, vue presque de face, tenant un livre. Vêtue d'une robe verdâtre à reflets changeants en partie couverte d'une tunique rouge décolletée; des colliers et des chaînes d'or ornent son cou et ses épaules; elle est entourée de onze jeunes filles aux cheveux blonds, toutes très richement vêtues.

Très belle et intéressante peinture, par *Cranach* le Vieux, remarquable par le caractère des physionomies et la richesse des costumes.

Bois. Haut., 2 m. 15 cent.; larg., 96 cent.

5. ## CHARLES-QUINT

EMPEREUR (XVIe SIÈCLE)

Debout, tourné légèrement vers la gauche, il porte une cuirasse. Il tient à la main droite le bâton du commandement; la main gauche est posée sur son casque.

Sur le piédestal d'une colonne est un cartel où on lit : Etate SVE, 5o.

École espagnole.

Toile. Haut., 1 m. 97 cent.; larg., 1 m. 10 cent.

6. PORTRAIT DE CATHERINE CORNARO
REINE DE CHYPRE
FEMME DE JACQUES DE LUSIGNAN (XVe SIÈCLE)

Représentée en pied, debout, marchant vers la droite, elle porte une couronne, elle est vêtue d'une robe noire décolletée.

Fond avec colonne et rideau de velours grenat.

Au-dessus de la tête, se trouve l'inscription :

Caterina Cornaro
Regina de Cipro.

Attribué à *Scipion le Gaëtan.*

Toile. Haut., 1 m. 90 cent.; larg., 1 m. 04 cent.

7. COME DE MÉDICIS, L'ANCIEN
(XVIe SIÈCLE)

Vu de trois quarts, tourné vers la droite; tenant un rouleau de papier de la main droite qui est appuyée sur une table auprès de son casque; coiffé d'une toque avec plume, vêtement en damas rouge et manteau.

École florentine.

Toile. Haut., 1 m. 95 cent.; larg., 1 m. 1 m. o5 cent.

8. CATHERINE DE MÉDICIS

REINE DE FRANCE, ALORS DAUPHINE (XVIe SIÈCLE)

Debout, vue de trois quarts, tournée vers la droite, richement vêtue; robe en satin rouge à manches grises à résilles d'or; fleurettes d'argent et col montant avec collerette à petits tuyaux encadrant la figure. Un réseau, semblable à celui des manches et des épaules, enveloppe sa chevelure.

La main gauche est posée sur une table couverte d'un tapis de velours vert; elle tient de la main droite une chaîne d'or qui entoure sa ceinture.

Très beau portrait.

Attribué à *Antonio Moro.*

Toile. Haut., 1 m. 80 cent.; larg., 1 m. 10 cent.

9. HENRI IV

ROI DE FRANCE (XVIe SIÈCLE)

Il porte un vêtement de soie noire, la croix de l'ordre du Saint-Esprit sur la poitrine; coiffé d'un chapeau avec agrafe d'or, il tient une canne et a la main gauche sur la hanche.

École des Porbus.

Toile. Haut., 1 m. 95 cent.; larg., 1 m. 08 cent.

10. MARGUERITE DE VALOIS

PREMIÈRE FEMME DE HENRI IV (XVIe SIÈCLE)

Elle est sur une terrasse, vue de trois quarts, tournée vers la gauche, vêtue d'un riche costume, corsage vert à broderies d'or et chaînes de perles; manches rouges avec masques sur l'avant-bras, jupe fond jaune brodée d'or et d'argent. Elle porte une collerette en fine guipure dans les dessins de laquelle se trouvent les initiales M et V enlacées. Elle tient un bouquet de fleurs.

Fond avec rideau de velours et paysage.

Beau et très curieux portrait.

Attribué à *François Porbus.*

Toile. Haut., 1 m. 94 cent.; larg., 1 m. 05 cent.

11. DON JUAN D'AUTRICHE

FILS DE CHARLES-QUINT (XVIe SIÈCLE)

Vu de trois quarts, tourné vers la gauche, barbe et cheveux blonds, collerette plissée; il porte une cuirasse, une écharpe rouge nouée au bras gauche, maillot gris avec chausses montant au-dessus des genoux.

École italienne.

Toile. Haut., 1 m. 90 cent.; larg., 95 cent.

12.   **ISABELLE DE BOURBON**
FILLE DE HENRI IV

Debout, vue de trois quarts, tournée vers la gauche; les cheveux frisés, collerette finement plissée, grand pardessus noir, richement brodé d'or, à grandes manches ouvertes laissant voir une robe de satin blanc à bandes transversales et fleurs d'or, bijoux et chaîne de perles sur la poitrine. Le bras gauche pendant, la main droite posée sur le dossier d'une chaise.

Fond en étoffe de soie à bandes bleues et jaunes.

Très beau portrait, provenant de la galerie du marquis de Salamanca.

Le visage de la jeune princesse est modelé par des tons rosés rappelant les œuvres de Rubens.

Attribué à *P.-P. Rubens.*

Toile. Haut., 1 m. 95 cent.; larg., 1 m. 14 cent.

13.   **DON SÉBASTIEN**
ROI DE PORTUGAL (XVIᵉ SIÈCLE)

Il porte une cuirasse damasquinée; la tête de trois quarts à droite, les cheveux blonds, collerette à double rang bordée de guipure. Il a la main gauche sur la poignée de son épée, la droite posée sur son casque.

Très bon portrait de l'École flamande.

Toile. Haut., 1 m. 90 cent.; larg., 1 m. 12 cent.

14. HENRIETTE DE CLÈVES

FEMME DE LOUIS DE GONZAGUE (XVIᵉ SIÈCLE)

Assise, vue de trois quarts, tournée vers la gauche, une main posée sur le bras du fauteuil et caressant de l'autre un enfant qui est debout près d'elle ; robe noire à bandes d'or avec manches de satin blanc. Un riche collier, orné de perles et de pierreries, pend sur la poitrine.

Fond à colonnes.

Attribué à *Páris Bordonne.*

Toile. Haut., 1 m. 87 cent.; larg., 1 m. 10 cent.

15. HENRI II

ROI DE FRANCE, ALORS DAUPHIN (XVIᵉ SIÈCLE)

Il est tourné vers la droite, coiffé d'une toque avec plumes, justaucorps noir à manches et culotte de satin rouge à galons d'or ; il tient ses gants, la main gauche sur la poignée de son épée.

École italienne.

Toile. Haut., 1 m. 92 cent.; larg., 95 cent.

16.   ## MARIE STUART

REINE DE FRANCE ET D'ÉCOSSE (XVIe SIÈCLE)

Vêtue d'une robe de soie blanche à longues manches, les cheveux blonds relevés, collerette en fine guipure, elle tient un bouquet.

Beau et intéressant portrait.

École française.

Toile. Haut., 1 m. 88 cent.; larg., 1 m. 08 cent.

17.   ## PHILIPPE III

ROI D'ESPAGNE (XVIe SIÈCLE)

Debout, la main gauche sur la hanche, la droite appuyée sur la poignée de son épée ; il porte une collerette tuyautée, un vêtement noir à filet d'or, petit manteau d'hermine, le grand collier de la Toison d'or sur la poitrine.

École espagnole.

Toile. Haut., 1 m. 90 cent.; larg., 1 m. 10 cent.

18.   ## MARIE DE LORRAINE

FEMME DE JACQUES V, RÉGENTE D'ÉCOSSE
(XVIe SIÈCLE)

Vue de trois quarts, tournée vers la droite, elle porte une robe rouge à riches broderies d'or en partie cachée par un grand manteau noir. Un superbe collier posé sur ses épaules descend sur la poitrine; cordon de perles autour du cou.

École italienne.

Toile. Haut., 1 m. 92 cent.; larg., 1 m. 08 cent.

19.   LUDOVIC SFORCE, LE MORE

DUC DE MILAN (XVIe SIÈCLE)

La tête de profil, regardant vers la droite, couvert d'une robe rouge à larges manches; une chaîne avec médaille pend sur la poitrine. Il prend une lettre posée sur une table.

École italienne.

Toile. Haut., 1 m. 95 cent.; larg., 1 m. 16 cent.

20.   MARIE D'AUTRICHE

SŒUR DE CHARLES-QUINT, GOUVERNANTE
DES PAYS-BAS (XVIe SIÈCLE)

Elle porte un riche costume blanc à petits filets d'or avec ceinture ornée de perles et de pierres fines, beau collier avec médaillon formant un aigle à deux têtes; elle tient son mouchoir à la main gauche qui est posée sur le bras d'un fauteuil.

École hollandaise.

Toile. Haut., 1 m. 90 cent.; larg., 1 m. 02 cent.

21. MAURICE DE NASSAU

PRINCE D'ORANGE (XVIe SÈCLE)

Vu à mi-corps, debout devant une balustrade de pierre,
la tête de trois quarts tournée vers la droite, une écharpe
rose en sautoir. Il tient le bâton de commandement, son
casque est posé près de lui,

Très beau portrait.

Attribué à *J. van Ravestein.*

Bois. Haut., 2 m. oo cent.; larg., 1 m. oo cent.

22. PHILIPPE II

ROI D'ESPAGNE (XVIᵉ SIÈCLE)

Vu de trois quarts, à gauche, la main droite posée sur
le bras d'un fauteuil, les gants à la main gauche; collerette
tuyautée encadrant en partie la figure; vêtement noir avec
manteau. L'ordre de la Toison d'or sur la poitrine.

Très beau portrait.

La tête, finement modelée, rappelle les belles œuvres
de Coello.

Attribué à *Sanchez Coello.*

Toile. Haut., 1 m. 95 cent.; larg. 1 m. 12 cent.

23. **MARIE-JEANNE DE NEMOURS**

DUCHESSE RÉGENTE DE SAVOIE (XVIIᵉ SIÈCLE)

Marchant vers la gauche, les cheveux châtains bouclés, ornés de fleurs, corsage noir décolleté, collerette en guipure, jupe à riches broderies; elle tient un éventail.

Fond de paysage avec grand rideau sur la droite.

École italienne.

Toile. Haut., 2 m. o5 cent.; larg. 1 m. 35 cent.

24. **FERDINAND III**

ROI DE BOHÊME ET DE HONGRIE

EMPEREUR D'ALLEMAGNE (XVIIᵉ SIÈCLE)

Vu de trois quarts tourné vers la droite, couvert d'un costume guerrier avec manteau rouge, la main droite appuyée sur une massue, la gauche sur son épée, sa couronne posée sur une table.

Fond avec draperie et paysage sur la droite.

École espagnole.

Toile. Haut., 1 m. 95 cent.; larg., 1 m. 10 cent.

25. **VICTOIRE DE LA ROVÈRE**

FEMME DE FERDINAND II (XVIIe SIÈCLE)

Vue de trois quarts, tournée vers la gauche, les cheveux blonds bouclés, vêtue d'une robe rougeâtre ornée de fleurs de lis, elle tient un éventail, la main droite posée sur le dossier d'une chaise.

École italienne.

Toile. Haut., 1 m. 90 cent.; larg., 1 m. 10 cent.

26. **CHARLES Ier DE GONZAGUE**

DUC DE MANTOUE (XVIIe SIÈCLE)

Debout, tenant une canne, cheveux tombant et moustaches noires, veston jaune à larges manches ouvertes, écharpe rouge avec baudrier croisée sur la poitrine ; à droite, un bouclier; à gauche, une table couverte d'un tapis sur laquelle il a posé son chapeau. Dans le haut, ses armes.

École espagnole.

Toile. Haut., 2 m. 05 cent.; larg., 1 m. 35 cent.

27. ## ANNE D'ORLÉANS

FEMME DE VICTOR-AMÉDÉE II
REINE DE SARDAIGNE (XVIIᵉ SIÈCLE)

Vue presque de face, les cheveux noirs, robe décolletée avec manches et collerette en guipure. Elle prend la couronne placée sur un coussin.

École française.

Toile. Haut., 1 m. 80 cent.; larg., 1 m. 24 cent.

28. ## MATHIAS

GOUVERNEUR DES PAYS-BAS (XVIᵉ SIÈCLE)

Regardant vers la droite; cheveux châtains, moustaches relevées en pointe, collerette finement plissée, vêtement gris à riches broderies d'or; la main droite posée sur l'angle d'une table recouverte d'un tapis de velours grenat. Un chien est près de lui.

Fond avec grand rideau.

École espagnole.

Toile. Haut., 1 m. 98 cent.; larg., 1 m. 14 cent.

29. ## MARIE D'AUTRICHE

(XVe SIÈCLE)

Tournée légèrement vers la droite, elle porte une robe rouge en partie cachée par un ample vêtement noir orné de bijoux. Sa tête se détache sur une large collerette bordée de guipure; elle tient un éventail et son mouchoir; près d'elle, une table sur laquelle est posée sa couronne.

École italienne.

Toile. Haut., 1 m. 98 cent.; larg., 1 m. 18 cent.

30. ## PHILIPPE III

ROI D'ESPAGNE (XVIe et XVIIe SIÈCLE)

Il est debout, la main gauche appuyée sur la poignée de son épée; les cheveux blonds, collerette plissée, justaucorps richement brodé avec manteau foncé; son chapeau posé sur une table couverte d'un tapis de velours rouge.

Fond avec rideau.

École espagnole.

Toile. Haut., 1 m. 95 cent.; larg., 1 m. 10 cent.

31. **FERDINAND II**

ROI DES ROMAINS, EMPEREUR D'ALLEMAGNE

(XVIIe SIÈCLE)

Vu de trois quarts, tourné légèrement vers la gauche, une couronne posée sur la tête, il porte une aube et une chasuble.

Près de lui sont ses armes représentant un aigle aux ailes déployées, tenant une sphère dans ses serres.

École italienne.

Toi'e. Haut., 2 m.; larg., 1 m. 10 cent.

32. **FRÉDÉRIC-GUILLAUME**

GRAND ÉLECTEUR DE BRANDEBOURG (XVIIe SIÈCLE)

La tête de trois quarts, couverte d'un bonnet en velours grenat. Il porte une ample robe noire, la main droite sur la hanche, la gauche appuyée sur l'angle d'une console où sont posés une couronne et un sabre.

École hollandaise.

Toile. Haut., 2 m. 05 cent.; larg., 1 m. 10 cent.

33. **VICTOR-AMÉDÉE Ier**

DUC DE SAVOIE (XVIIe SIÈCLE)

Il porte une cuirasse, la main droite posée sur la hanche, la gauche sur une table auprès de son casque.

Inconnu.

Toile. Haut., 1 m. 92 cent.; larg., 1 m. 10 cent.

34. **CHARLES VI**

EMPEREUR D'ALLEMAGNE (XVIIIe SIÈCLE)

De trois quarts, tourné vers la droite, il porte une cuirasse et le manteau impérial; une écharpe nouée à la ceinture; perruque bouclée tombant sur les épaules; il tient le bâton de commandement. Sa couronne est posée sur une console.

École française.

Toile. Haut., 1 m. 98 cent.; larg., 1 m. 10 cent.

35. **ÉLISABETH DE BRUNSWICK**

FEMME DE CHARLES VI (XVIIIe SIÈCLE)
IMPÉRATRICE D'ALLEMAGNE

Vue de face, vêtue d'une robe de brocart décolletée, ornée de perles sur la poitrine; elle porte une haute coif-

fure avec dentelles, rubans et perles ; le bras gauche appuyé
sur le dossier d'une chaise.

École italienne.

Toile. Haut., 2 m. o3 cent.; larg. 1 m. 17 cent.

36. **VICTOR AMÉDÉE III**

DUC DE SAVOIE, ROI DE SARDAIGNE (XVIIIᵉ SIÈCLE)

Debout auprès d'une console dorée, sur laquelle il a
posé son casque. Il tient le baton de commandement, la
main gauche sur la poignée de son épée ; habit rouge à re-
vers bleus brodés d'argent, le manteau royal sur l'épaule.

Ecole génoise.

Toile. Haut., 1 m. 98 cent.; larg., 1 m. 25 cent.

37. **TURENNE**

(XVIIᵉ SIÈCLE)

Il est debout, la tête de trois quarts à droite, il porte
un riche veston à bandes tissées or, une écharpe bleue en

sautoir, il tient une canne, la main gauche est posée sur son casque; à droite, ses armes; à gauche, par une fenêtre, on aperçoit un camp.

École française.

Toile. Haut., 2 m. oo cent.; larg., 1 m. o8 cent.

38.   **PORTRAIT D'UN PRINCE**

Debout devant une balustrade de pierre, couvert d'une cuirasse, la main gauche sur la hanche.

Fond avec rideau rouge et ses armes; à gauche, les trois fleurs de lis surmontées de la couronne royale; à droite, une croix sur fond rouge.

École française.

Toile. Haut., 2 m. o5 cent.; larg., 1 m. o3 cent.

39. **SAINT JOSEPH ET L'ENFANT JÉSUS**

Le saint debout, couvert d'une robe brune en partie cachée par un manteau jaune, tient une branche de lis et donne la main à l'enfant Jésus.

Dans le fond, une gloire d'anges.

Attribué à *Bartholoméo Esteban Murillo*.

Belle peinture digne du pinceau de ce maître.

Toile. Haut., 1 m. 60 cent.; larg., 1 m. 15 cent.

40. ## SAINTE THÉRÈSE

Vêtue du costume monastique, assise devant une table, elle tient une plume et écrit sous l'inspiration du Christ qui est placé devant elle.

Attribué à *Cerezo Matéo*.

Toile. Haut., 1 m. 20 cent.; larg., 95 cent.

RED. :

15

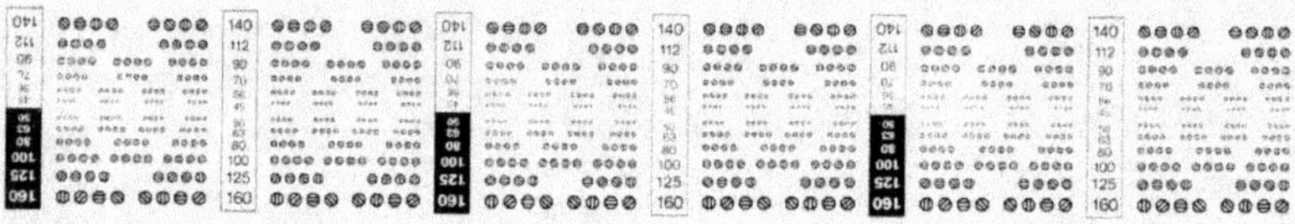

379.89.70
graphicom

0 1 2 3 4 5 6 7 8 9 10

MIRE ISO N° 1
NF Z 43-007

AFNOR
Cedex 7 · 92080 PARIS-LA-DÉFENSE

BIBLIOTHEQUE
NATIONALE
DE FRANCE

****

CHATEAU
DE
SABLE

1996